이 책을 나의 할아버지. 아버지. 어머니
그리고 'ㄷ'자형 집에서 나의 유년기를 함께 보낸
모든 동물 친구들에게 바칩니다.

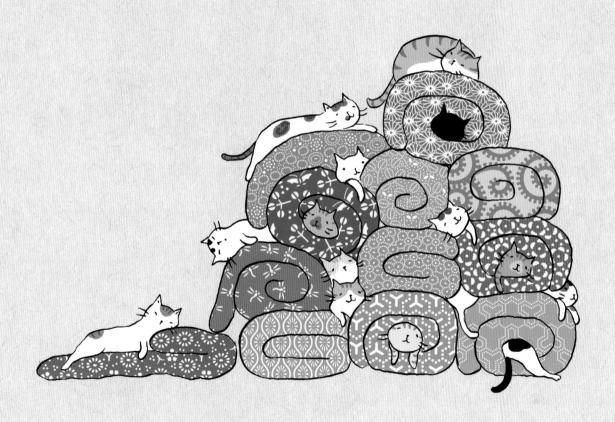

사계절 게으르게 행복하게

또 고양이

한국의 독자 여러분, 만나서 반갑습니다.

그리고 한국의 고양이 친구들, 만나게 되어 기뻐요. 야옹!

한국 고양이가 대만 고양이와 얼마나 닮았는지는 잘 모르겠어요.

하지만 상자 속에 기어 들어가 늘어지게 자는 건 똑같이 좋아할 거라 믿어요.

고양이는 사람과 다르게 무엇을 하든 아주 귀엽죠. 사람이 팔다리를 쫙 벌리고 코를 골며

잔다면 꼴불견이라고 하겠지만 그게 고양이라면 모두 '귀엽다'며 좋아할 거예요.

그래서 저는 고양이가 사람처럼 일상생활을 하는 모습을 상상해보았답니다.

목욕탕에 가고, 시장에서 과일도 사고, 꽃구경하러 가는 그런 모습 말이에요.

제가 상상한 행복한 고양이 세상을 많은 사람에게 보여주고 싶어서 그림을 그렸습니다.

여러분도 그림 속 고양이들처럼 행복하길 바라요.

2016년 여름 미스캣

차례

제1부 봄의 노래

제2부 여름 놀이

제3부 가을의 시

제4부 겨울 여행

제1부

봄의 노래

고양이 낙원

귀신 나오는 집이라 부르는 버려진 집.
우리에게는 환상의 낙원이자
아늑한 보금자리.

깨진 창문은 돌격놀이하기에 더없이 좋은 놀이터.
무너진 지붕 귀퉁이는
따사로운 햇살이 새어 들어오는 눈부신 천창.

딩딩통통 딩딩통통
봄비가 내리는 날에는
놀러 나갈 수 없지만,

이 작은 보금자리에서
늘어지게 낮잠을 즐길 수도 있고
차를 홀짝이며 노닥거릴 수도 있고
느릿느릿 기어가는 달팽이를
관찰할 수도 있으니까 괜찮아.

아무도 우릴 방해하지 않아.
이곳은
사람들이 제일 무서워하는
귀신 나오는 집이니까.

묘욕탕 猫浴湯*

우리는 타고난 목욕 전문가.
핑크색 작은 혀를 날름거리면
금세 온몸이 말끔해지지.

하지만 일 년에 한 번 묘욕탕에 가서
겨우내 눌리고 엉켜버린 털을
잘 빗어 감아야 돼.

그거 알아? 묘욕탕은 봄에만 영업을 해.
성묘산聖猫山**에서 그해 초봄
처음 녹아 흘러내린 물을 직접 길어 온대.

이 물로 목욕하면
신기하게도 고양이 털에서 윤기가 자르르 흘러.
털이 물을 먹어 축 늘어지지 않고
더 가볍고 보송보송하게 볼륨감이 살아나지.

묘욕탕에 다녀온 고양이들은 달라 보여.
털이 찰랑거릴 때마다 향기가 폴폴 풍기고
새로 태어난 것처럼 화사하게 빛이 나.
그래서 묘욕탕은 언제나
일 년 전부터 예약이 꽉 차 있어.

---
* 고양이 목욕탕
** 고양이 신神의 전설이 깃든 성스러운 산

채소 시장

음식을 잘못 먹고 배탈이 났을 때
머리가 무겁고 몸이 찌뿌둥할 때
기분 전환을 하고 싶을 때
채소 시장을 어슬렁거리지.

날마다 신선한 고양이풀이 새로 도착해.
아침에 가면 풀잎 위에 이슬방울이 송송.
피로 해소에는 고양이풀만 한 것이 없어.
몇 줄기만 먹어도 활력 충전!
우리 조상님들이 수백 가지 풀을
모두 맛보고 터득한 지혜야.

고양이풀 가게에 새로 온 아르바이트생들은
개다래 열매*의 유혹을 뿌리치지 못해
몰래 냉큼 삼키는 일도 있대.
아이코, 그러다 온종일 비몽사몽 취해서
계산도 틀리기 일쑤야.

하지만 오래 일한 베테랑 점원들은
군침 도는 고양이풀 냄새에도 끄떡없어.
손님들과 흥정하고
오가는 고양이들에게 한 입 먹어보라고 권하지.
그러면서 몰래 풀을 훔쳐 먹은 점원들이
어느 구석에 숨어 해롱대고 있나
쉬지 않고 감시해.

———
* 고양이가 흥분하며 좋아하는 열매. 일명 '고양이 마약'

숲 속 학교

오랜만에 집이 조용하네.
아기 고양이들이 모두 숲 속 학교에 갔기 때문이야.
오늘은 두근두근 입학날.
처음 배우는 건 생선 먹는 방법.

생선의 신체구조부터
이빨과 혀로 가시를 골라내는 법까지
배워야 할 게 너무 많아.
살점 하나 없이 깨끗하게 발라 먹은
생선 가시를 내는 게
학기말 과제.

오늘 입학한 아기 고양이들에게
숲 속 학교는 호기심 천국.
개구리, 나비, 들꽃,
팔락팔락 떨어지는 나뭇잎까지
한눈팔게 만드는 것들이 무궁무진해.

도시락 주머니에는
엄마가 싸주신 도시락이 들어 있어.
맛있는 냄새가 자꾸만 코끝을 간질간질.
점심시간까지는 아직 두 시간이나 남았는데.
"냐옹, 모르겠다. 먹어버려야지."
생선 가시 발라내는 법은
엄마한테 배우면 되니까.

삶의 나무

모든 고양이의 인생, 아니 묘생猫生 속에는
아름드리나무가 한 그루씩 서 있어.
할아버지 고양이가 손자들에게 들려주는 이야기는
모두 그 나무로부터 시작돼.

할아버지 고양이가 젊었을 적
나무는 할아버지의 모든 청춘과 열정을
너그러이 보듬어주었어.
나무에서 그네를 타고
나무에서 짓궂은 장난을 쳤으며
나무 위에서 새 친구를 사귀고
나무 위에서 불타는 연애를 했지.

더는 나무를 기어오르지 않는
늙은 고양이가 되었지만
아직도 나무 그늘 밑은 할아버지가
가장 좋아하는 휴식 장소야.

벚꽃 도시락

벚꽃 구경은 놓쳐도 되지만
벚꽃 도시락은 절대로 놓칠 수 없지.
미식가 고양이들은 벚꽃 도시락이
오직 이 계절에만 맛볼 수 있는
별미라는 걸 알고 있어.

메인 요리는
벚나무 가지에 걸어 말려
봄바람과 꽃향기가 스며든 생선과
벚꽃에 재워두었던 게다리.

식사는
벚꽃에 버무린 새우로 속을 채운 만두에
말린 고양이풀 가루를 뿌린 주먹밥.

반찬도 다양하게
쥐포, 계란말이, 훈제멸치.

디저트는
벚꽃 경단으로 완벽한 마무리.
고양이 손으로 조물조물 주물러
벚꽃 향이 퍼지게 한 다음
한입에 쏙 넣으면
음— 일 년 내내 행복할 것 같은 기분이야.

코골이 대합창

벚꽃이 고양이와 무슨 상관있을까.
아기 고양이들은 흐드러지게 핀 벚꽃을 보아도
그저 심드렁.
하지만 벚꽃이 피었다는 건
햇볕이 따뜻해졌다는 뜻.
햇볕이 따뜻해지면
아기 고양이들이 밖으로 나오지.

봄날을 즐기러 나온 고양이들이
벌써 나무 밑에 북적북적.
저마다 낭만파 풍류시인이 되어
실눈을 가늘게 뜨고 고개를 까딱까딱.

그런데 시인들이 시를 지을 생각을 안 하네.
이토록 아름다운 풍경을 눈앞에 두고
시를 짓는 데 시간을 낭비할 수 없기 때문이겠지.

벚나무 위에도 벚나무 밑에도
제각각 자리를 잡고
쿨쿨 드르렁드르렁 쿨쿨 드르렁드르렁
고양이들의 코골이 대합창이야말로
세상에서 제일 아름다운 봄의 노래.

고양이의 아침식사

딩동딩동
맛있는 장아찌가 왔어요.
딸랑딸랑
구수한 밀가루차가 왔어요.

사실 우리는 웬만해선 아침밥을 먹지 않아.
아침밥보다는 황금 같은 아침잠이 더 소중하니까.

하지만 성장기 고양이가 있는 집에서는
아이들의 젖 빼는 소리가 엄마의 새벽잠을 깨우지.
잠이 달아나버린 엄마 고양이는
일어나서 밀가루차를 마시러 나와.

제일 인심이 후한 장아찌 장수는
날마다 재료를 바꿔가며 장아찌를 만들어 와.
"시식 환영이요! 맛없으면 돈 안 받아!"

밀가루차는 쓰린 속을 달래는 데 특효약이야.
밀가루차를 한 사발 마시고 나면 잠이 솔솔.
그러면 엄마 고양이는 집에 들어가
다시 달콤한 아침잠에 빠지지.

결혼식 피로연

고양이들 결혼식에는
출장 요리사를 초빙해
사흘 낮 사흘 밤 동안 피로연을 하는데
테이블마다 하객들이 가득가득.

신랑은 이번이 다섯 번째 결혼이고
신부는 세 번째 결혼이래.
각자의 아이와
전 남편, 전전 남편,
전 부인, 전전 부인, 전전전… 부인,
모두 다 피로연에 참석했대.

신랑 신부가 한때 삼각관계의 당사자였다는 건
아무도 신경 쓰지 않나 봐.

고양이 요리사가 들고나오는 요리는
언제나 한쪽 귀퉁이가 모자라.
요리사가 맛을 보려고
먼저 한 입 베어 먹기 때문이지.
참치 배처럼 불룩한 저 요리사 뱃속엔
아마도 참치가 가득 들어 있을 거야.

그날 결혼식에서
또 누구랑 누구랑 사랑에 빠졌네.
그래서 결혼의 계절인 봄이 오면
요리사들은 몸이 열 개라도 모자랄 만큼 바빠져.

제2부

여름 놀이

생선 메밀국수

엄마 고양이가 국수를 만들기로 한 날이면
큰 고양이 작은 고양이 할 것 없이
밖에 놀러 나가지 않고 집에서 얌전히 기다려야 해.
이건 여름에만 먹을 수 있는 생선 메밀국수니까.

어린 고양이들에게 메밀국수는 아주 매력적이야.
먹을 때는 음식이지만
먹다 흘리면 장난감이 되거든.

생선 메밀국수는 냄새도 기가 막혀서
오늘 어느 집에서 국수를 먹는지
온 동네 이웃들이 다 알게 돼.

냄새를 맡고 찾아온 이웃의 꼬마 고양이들이
몰래 문에 구멍을 뚫고 훔쳐봐.

허겁지겁 먹다가 면발을 흘리지는 않는지
혹시 흘린 면발을 못 보고 지나치지는 않는지
또릿또릿 눈을 잠시도 떼지 않고
식사가 다 끝날 때까지
창밖에서 기다리고 또 기다리고….

고양이 과일 가게

과일 가게에는
월급도 안 받고 일하는 아르바이트생이 많아.
사장님을 위해 봉사하겠다는 젊은 고양이들이
앞다퉈 모여들어 면접을 보는데
사실 원하는 건
실컷 잠잘 수 있는 종이상자.

체리 맛, 망고 맛, 수박 맛…
작은 알, 중간 알, 큰 알…
과일이 그득 담긴 종이상자는
비집고 들어가 느른한 낮잠을 즐기기 좋으니까.

다섯 개 80원! 한 근에 30원!
외치다 외치다 어느새 깜빡 잠이 들었네.
졸다가 자다가, 자다가 졸다가…
이렇게 편한 일을 또 어디서 찾을까.

샤베트 가게

고양이 예절학교에서는
고양이는 개처럼 혀를 바깥으로 내놓고 있으면
안 된다고 엄격하게 가르쳐.

하지만 여름은
고양이들이 제일 견디기 힘든 계절.
특히 털을 깎고 나면
모두들 혀를 시원하게
식히고 싶은 생각이 간절하지.

샤베트 가게에서 파는
각양각색의 샤베트.

그중 인기 No.1은 바다 맛이 나는 블루 샤베트.
블루 샤베트는 언제나
아침 일찍 다 팔려서 사기 힘들어.
녹차 샤베트도 인기가 많아.

바퀴벌레 맛이나 도마뱀붙이* 맛이 나는
괴상한 샤베트도
특이한 맛을 찾는 고양이들 사이에서
입소문이 나 있어.

콜라겐이 풍부하다는 도마뱀붙이 맛 샤베트는
피부에 관심이 많은 아가씨 고양이들에게
인기 최고.

----

* 도마뱀과 비슷하게 생겼지만 몸길이가 더 작은 편인 파충류의 일종

야옹 찻집

봄에 벚꽃이 있다면 여름에는 연꽃.
꽃이 얼마나 예쁘게 피었는지보다 중요한 건
맛 좋은 차가 있는 찻집과 흥미진진한 수다.

연꽃 세트 1번을 주문하면 서비스로
조각배를 타고 호수를 한 바퀴 돌 수 있어.
아무개 고양이가 배 위에서 읊조리기를
"연잎이 밭을 이루고 물고기들이
그 사이에서 노니는구나.
발톱이 근질근질해도
불쑥 앞발을 휘두르진 마시게.
배가 휘청 뒤집힌다네."

여름의 야옹 찻집엔 늘 빈자리가 없어.
24시간 영업을 하는데도
새벽부터 밤늦게까지 예약이 꽉 차 있어.

제일 인기 많은 시간은 늦은 밤.
달빛 비친 연꽃을 감상할 수 있을 뿐 아니라
고양이 눈을 번쩍 뜨이게 하는
반딧불도 찾아오기 때문이야.
'반딧불 잡지 마세요'라는
주인장의 경고문이 붙어 있지만
반딧불을 잡으려다 물에 빠져
허우적대는 고양이들이 꼭 있더라고.

여름

어두컴컴한 도서관

고양이 도서관에 가본 적 있니?
희미한 등불 몇 개 외에는
빽빽하게 들어찬 서가뿐.
하루 종일 햇빛도 들어오지 않아.

고양이는 책을 읽을 때 불을 켜지 않아도 돼.
캄캄할수록
눈동자가 둥글고 환해지기 때문이야.

여름엔 에어컨 바람을 쐬려고
찾아오는 고양이들이 많지.
꼭 책을 읽어야 하는 건 아니잖아.

미로처럼 어두운 공간은
숨바꼭질하라고 만들어놓은 것 같아.

미녀를 찾으러 온 수고양이도 있어.
몇 시간 동안이나 책을 펼쳐놓고 있지만
책장은 한 장도 넘어가지 않고
응큼한 눈빛만 이리저리.

도서관 사서는 하루에 딱 한 번만 돌아다녀.
나머지 시간은
책 더미 속에 파묻혀 쿨쿨 자야 하니까.

항해공작실

항해공작실에 들어가려면
오대양을 누비며 항해한 경험이 필수.
전 세계 어장 분포와
계절에 따른 해류의 변화까지
발바닥 들여다보듯 훤히 알고 있어야 해.

이것은 매년 어시장의 거래량을 좌우해서
고양이들의 행복지수와도 관련이 깊기 때문이야.

매년 늦여름이 되면
고양이 선원들이
그해 항해도를 제작하느라

공작실에서 분주하게 일해.
어획량이 가장 많을 것 같은 예상 지점은
언제나 선원들이 흘린 군침으로 축축이 젖어 있어.

싱싱한 생선을 배불리 먹으며 바다를 누빌 생각에
고양이 선원들은 하루빨리
출항일이 오기를 손꼽아 기다려.

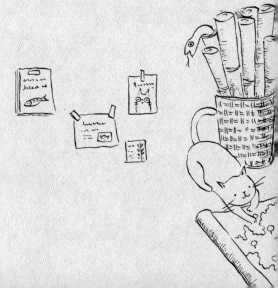

금붕어 낚기

야시장의 금붕어 낚기는
꼬마 고양이들이 가장 좋아하는 놀이.
동작이 서툰 꼬마들은 주인장에게 최고의 손님.
주인장이 동전을 한 아름 안고 싱글벙글.

그래도 한눈팔지 말고 감시해야 돼.
가끔 규칙을 어기고 물속으로 풍덩 뛰어들어
금붕어들을 휘저어놓는
개구쟁이 녀석들이 있으니까.

어항 물은 두 시간마다 한 번씩 갈아야 하는데
비린내가 진동하는 물은

고양이들에게 견디기 힘든 유혹이라고.
가끔은 주인장도 유혹을 참지 못하고
날름날름 물을 마시곤 해.

꼬마 고양이들을 기겁하게 만드는 일도 있어.
어쩌다 금붕어 대신 다른 녀석이 잡히거든.
게는 집게를 쩍 벌리고
장어는 뾰족한 이빨을 드러내며
고양이 수염을 꽉 붙들고 놓아주지 않아.
그게 얼마나 아픈데!
남의 수염이 잡힌 것을 보고
배꼽을 쥐고 깔깔대지만
자기 수염이 잡힐까 봐 조마조마.

금붕어 낚기

종이 뜰채로 금붕어를 잡아보세요!

나무 위 오두막

온종일 나무 위에 올라가 있는 고양이들도 있어.
먹을 때도, 잘 때도, 놀 때도
나무에서 내려오지 않아.
근심 걱정 하나 없이 나무 위에서 빈둥빈둥.

그러자 눈치 빠른 고양이 건축가가
나무 위에 오두막을 지었어.
겨울에는 따뜻하고 여름에는 시원하며
태풍이 불어도 끄떡없다는 광고.
그중에서도 고양이들의 마음을 사로잡은 문구는
'지상 5미터에 위치해 개들이 제아무리 까치발을
세우고 앞발을 휘둘러도 닿을 수 없다'는 것.

오두막의 구조도 여러 가지야.
큐피드 아파트는 친구를 사귈 기회가 많아서
싱글족 고양이들에게 인기가 많고
한 부모 가족을 위한 맞춤형 주택은 보안이 철저해서
치근덕거리는 수고양이들에게 방해받지 않는대.

오두막에 쓰일 나무는 엄격한 심사를 거쳐 선택돼.
나무껍질이 잘 흠집이 나지 않아야 하고(통행의 용이성)
잎사귀가 무성해야 하며(숨바꼭질의 편의성)
위치가 좋아야 하지(어시장 근접성).
오두막은 석 달에 한 번씩 새로 분양하는데
그때마다 치열한 경쟁이 장난 아니야.

숲 속 경치

한여름의 오후는
일광욕을 좋아하는 고양이라도
서늘한 곳을 찾아다녀야 하는 때.

조각배를 저어
깊은 숲 속 호수로.
호수는 바닥이 보일 만큼 맑지만
물고기는 한 마리도 보이지 않네.
그래도 괜찮아.
오히려 아무것에도 한눈팔지 않고
멍하니 있기도 하고, 낮잠을 자기도 하고,
책도 읽을 수 있으니까.

풀벌레도 울지 않고 새도 지저귀지 않고
한 편의 시처럼 아늑한 세상.
하지만 이 아름다운 고요도
갸르릉갸르릉
고양이 코 고는 소리에 깨지고 말아.

제3부

가을의 시

여행 계획 세우기

딸랑딸랑 처마 밑 풍경 소리에
여름의 게으름에서 깨어나는 고양이들.
콧잔등을 맴도는 공기가 시원해지면
발을 세워 길게 길게 기지개를 펴.

한 줄기 바람이 불면
고양이가 가늘게 실눈을 떠.
털 사이를 가르고 지나간 가을바람이
보송보송한 버들개지를 날아 올리며
떨어지는 붉은 낙엽에게 미지의 여행을 약속하지.

가을은 멀리 떠나기 좋은 계절.

고양이는 작은 머리로 생각만 할 뿐
몸은 좀처럼 움직이지 않아.
황금빛 아름다운 오후
경단 굽는 구수한 냄새가 나면
이미 머릿속은 신비로운 여행 중.
이집트의 캣핑크스 신전으로,
우주의 묘행성猫行星으로….

숲 속에서 술래잡기

낙엽이 고양이 키보다 더 두껍게 쌓이면
술래잡기의 계절이 돌아왔다는 것.
우리는 타고난 장난꾸러기지만
아무도 술래가 되길 바라지 않아.
폭신한 낙엽 속에 숨는 게 훨씬 재미있으니까.

술래가 열을 세고 나머지 고양이들이 다 숨고 나면
숲에는 낙엽 팔락거리는 소리만.
이따금 밤송이가 떨어져
운 나쁜 고양이의 머리를 콩 맞히기도 하는데
화들짝 놀라 캬아옹! 비명을 지르면
하는 수 없이 술래.

다른 고양이들 열에 여덟은
낙엽 속에서 잠들어버리고
질서도 없고 규칙도 없는
참 따분한 놀이.
내년에 누가 또 술래잡기하려고 할까? 싶었는데
"저요!" "저요!"
여기저기서 앞발을 번쩍.

들고양이 식당

들고양이 식당의 모든 음식은 진정한 야생의 맛.
주방장 특제 피시소스를 생선에 발라
세 번 손으로 뒤집어가며 구워내면
맛있는 냄새가 사방에 진동.

달이 나뭇가지에 걸릴 때쯤 식당 문이 열리면
단골 고양이들이 앞다투어 들어와 자리를 차지해.
여기저기서 종업원을 불러 대며 주문을 하면
생선이며 술이며 착착 들고나와 대령하지.

생선구이 두 접시를 게 눈 감추듯 먹어치우고
고양이술 석 잔으로 배를 채우고 나서는

냐옹냐옹 미야오미야오
친한 사이든 처음 보는 사이든 가릴 것 없이
한바탕 즐거운 벌칙게임.

동틀 무렵까지도
술 취한 고양이들이 부른 배를 두드리며
비몽사몽 널브러져 있으면
주인장도 하는 수 없이 고양이 낚싯대를 휘둘러
휘이휘이 쫓아낼 수밖에.

가을 보약 짓기

마을에 하나뿐인 약방은
벌써 108대째 이어오고 있는 오래된 곳.
아들 고양이가 태어나 다섯 달이 되면
그때부터 약초에 대해 배우기 시작하고
한 살이 되면 산에 올라가 약초를 캐기 시작해.

가을은 약방에 손님이 제일 많은 계절.
겨울이 오기 전에 보약을 먹으려는
고양이들이 많기 때문이야.
특히 위장이 허약해 아무리 먹어도 살이 찌지 않는
작은 고양이들에게 가을 보약은 필수지.

눈코 뜰 새 없이 바쁜 약방 주인은
손님들이 내놓은 약방문에 따라
약장 앞에서 숙련된 발놀림으로 약을 짓고
한 첩 한 첩 정성껏 약을 싸고
노끈으로 약을 묶지.

아들 고양이는 사고뭉치.
툭하면 실수에 사고를 치고
그렇지 않으면 계산대 밑으로 기어 들어가 쿨쿨.
아무리 봐도 장차 가업을 이을 후계자로는
어울리지 않는걸.

싱싱한 생선

이른 아침 분주한 어시장.
갓 잡은 생선들이 항구에서 운반되고
종업원들은 그날 판매할 생선을 진열하느라
쉴 틈이 없어.

단골손님이 마수걸이도 하기 전에
먼저 찾아온 좀도둑 고양이.
"해가 뜨면 생선의 신선도가 떨어지지."
생선 마니아들은 새벽잠을 포기하더라도
항구에서 막 도착한 제일 등이 푸른 생선을
훔쳐 맛보려고 하지.

그들은 생선의 신선도를 감별하는 데
비범한 재주를 가지고 있지만
대부분 게으르고 먹을 것만 밝히기 때문에
빈둥빈둥 돌아다니다가
싱싱한 생선을 훔쳐 날쌔게 도망칠 뿐
생선 가게에서 일하려고 하지는 않아.

천연 젓갈

먹고 남은 생선은 바람에 말려 어포를 만들기도 하고
발효시켜 천연 젓갈을 만들기도 해.
젓갈 공장은 이렇게 광고하지.
'신선이 된 듯 황홀한 젓갈의 맛을 경험하세요!'

생선을 나무통에 넣어 천연 발효시키면
바다생물의 감칠맛과
육지식물의 영양이 한데 어우러져.
십 년 동안 발효시킨 최상품 젓갈도 있는데
그 나무통을 여는 날이면
온 동네 고양이들이 몰려들어 북새통을 이뤄.

첫 시식 담당은 엄격한 시험을 거쳐 선발된
개코 감별사.
숙성이 덜 된 것은
굳이 혀로 맛볼 필요도 없지.
개코 감별사가 공장을 쓱 둘러보며
콧구멍이 위아래로 실룩거리고
양 볼이 부풀어 오른다면
그건 숙성이 덜 되었다는 뜻.

개코 감별사가 흡족한 표정으로
혀를 내밀어 코 주변에서 한 바퀴 빙 돌리면
젓갈이 훌륭하게 숙성되었다는 신호.

모래찜질

아직 온천의 계절이 되지 않았지만
추위를 타는 아기 고양이들은
서둘러 따뜻한 곳을 찾지.

어둑어둑해지는 늦가을 저녁 무렵
아기 고양이들이 달걀 한 바구니를 들고
줄지어 모래밭으로.
오해하진 마시라.
볼일 보러 가는 건 아니니까.
각질 제거에 탁월한 모래찜질을
체험하러 가는 거야.

바닷가 작은 어촌에서 직접 실어온 모래를
지열로 뜨끈하게 데우면
바다 냄새 밴 따뜻한 수증기가
온몸의 모공 속으로 스며들어가.

누가 처음 시작했는지는 모르지만
달걀을 모래 속에 파묻어 익히면 맛이 일품.
모래 속에서 구운 달걀은
모래찜질을 즐기러 온 고양이들에게
빼놓을 수 없는 즐거움이야.

고양이 바다 축제

해마다 가을이 되면
성대하게 열리는 바다 축제.
고양이 신이시여, 큼직한 생선을 덥석 입에 물고
앞발을 뻗어 복을 뿌리소서.
고양이 신의 손에 들린 고양이 낚싯대는
풍성한 수확의 상징.

자식을 많이 거느린 건강한 수고양이와
해마다 쑥쑥 자식을 낳는 암고양이가
선발되어 가마에 올라타는데
다산이 풍어를 상징한다고 믿기 때문이야.

쿵쿵짝짝 쿵쿵짝짝 가마 행렬이 거리를 행진하면
몰려나와 절을 하는 고양이 신도들.
신을 태운 가마에 잔뜩 묶여 있는 어포는
누구나 마음대로 가지고 갈 수 있어.
물고기 모양 탈을 쓴 아기 고양이들이
행렬의 제일 앞에서 행진하는데,
그저 서툴고 귀엽기만 해.
아기 고양이들에게는
태어나서 처음 경험하는 축제잖아.

이불 가게

월동 준비가 시작되면
분주해지는 이불 가게.

솜을 잘 틀어 화려한 무늬의 이불보를 씌운 뒤
볕이 잘 드는 지붕에 널어놓지.
지붕 밑 다락방에는 모두 알고 있지만
말하지 않는 비밀이 있어.

점심때가 되면 다락방 창문이 빠끔 열리고
그 틈으로 한 마리씩 살금살금 기어 들어오지.
이불 가게가 낮잠 즐기기에 더없이 좋은 장소라는 건
누구나 다 아는 사실.

햇볕에 따뜻하게 말린 새 이불들이
다락방에 차곡차곡.
잘 개켜놓은 이불 속으로 비집고 들어가면
고양이 롤빵.
폭신한 이불이 사각거리는
소리만 들어도 몽롱하게 잠이 쏟아져.

하지만 새 이불에
낯선 고양이 털이 잔뜩 붙는 바람에
이불 사 간 손님이 깜짝 놀라 항의할 때도 있대.

제4부

겨울 여행

눈 구경

첫눈은 종종
가장 조용한 새벽에 내려.
앗, 첫눈이다.
차 한 주전자를 우려놓고 창호지 문을 활짝 연 뒤에
툇마루에 나가 이불을 둘둘 말고
올겨울 첫눈을 맞아보자.

소나무 꼭대기에, 바위틈에, 물 위에
눈꽃이 떨어질 때 나는 사부작사부작 소리는
예민한 고양이 귀에만 들려.
첫눈이 올 때 소원을 빌면
꼭 이루어진다는 게 정말일까?

탁상난로 속에 집어넣은 앞발도
나른하게 벌어지고
와그작! 과자 베어 무는 소리가
첫눈 내리는 고요한 새벽을 깨우네.

신비한 온천

신비한 고양이 온천은
눈 내리는 계절에만 따끈한 물이 넘쳐.

성지를 찾아 산을 넘은 고양이들이
온천을 보자마자 풍덩 뛰어들어
추위에 언 몸을 따뜻하게 녹이지.

얼굴이 발그스레 달아오르고
머리가 어질어질하지만
아무도 밖으로 나오려 하지 않네.
오늘 밤 눈이 내린다는 소식에
눈을 기다리고 있는 거야.

눈꽃이 털 위에 떨어질 때의 촉감은
세상에서 가장 기분 좋은 간지러움.
고양이라면 살면서
꼭 한 번 경험해봐야 하는 신비한 느낌.

겨울

한밤중의 생선탕

새벽 두 시
뽕나무 아래 매달린 물고기 등이 환하게 켜지고
서서히 달구어지는 포장마차의 화로.
냄비 안에서 보글보글 끓고 있는 것은
생선뼈가 물러지도록 푹 끓인 생선탕.

밤이 깊었지만,
밤길 가다 들른 손님들이 하나둘씩.
생선탕 한 그릇을 먹고 나면 뱃속이 따뜻해지고
한 그릇 더 먹고 나면 피로가 싹 가셔.
갈 길이 아무리 멀어도
다시 몸을 추슬러 길을 떠날 힘이 나지.

겨울밤 혼자 길을 가는 나그네들에게
가장 간절한 것은 따뜻한 정.
인심 좋은 심야식당은
혼자 여행하는 고양이들을 위한 따뜻한 안식처.

겨울

발톱 갈기 공방

목공소 주인장은
발톱 갈기의 달인.
무엇이든 맡기면 말끔하게 갈아주지.
그의 발톱은 언제나 자라기가 무섭게
말끔하게 다듬어져 있어.

대만 아리산의 고목이든
보르네오섬의 열대우림이든
세계 각국의 나무마다
그가 남긴 발톱 자국이 있대.

슥슥삭삭 시범을 보이며 하는 말.
"좋은 목재는 손맛도 좋을 뿐 아니라
고양이를 취하게 하는 은은한 향기가 나지.
나무를 어떤 비율로 잘라내냐에 따라
발톱을 갈 때의 쾌감도 달라진다네."

잠잘 시간

아기 고양이를 재우는 건
쉬운 일이 아니야.
머리맡에 앉아 옛날이야기를
몇 번이나 들려주었지만
아기 고양이의 두 눈은 여전히 말똥말똥.

아기 고양이들에게 이불과 베개는
자기 위한 것이 아니라
놀기 위한 전쟁터와 무기인걸.
너는 여기, 나는 저기
잡을 테면 잡아봐!

가끔은 너무 신나게 놀다가
엄마 고양이를 화나게 하기도 하지.
옛날이야기가 냐옹이 삼형제의 훈훈한 이야기에서
괴담 속 고양이 노파의 이야기로 바뀌었어.
아기 고양이들은 등의 털이 바짝 설 만큼 소름 끼쳐
이불을 머리끝까지 뒤집어쓰고 바들바들.
아기 고양이들이 엄마에게 애원하기를
"잘게요. 잔다니까요. 그러니까 이제 그만!"

이불 널기 좋은 날

겨울이지만 햇볕 좋은 날엔 지붕이 따뜻해지지.
이불 널기 좋은 이런 날을
어떻게 낭비할 수 있을까.
자홍색, 진청색, 청록색
줄무늬, 꽃무늬, 잠자리 무늬
겨울날의 이불 잔치.

햇볕을 한껏 들이마신 이불이 보송보송해지면
고양이들도 이불 위에 발라당.
덩달아 고양이 털도 햇볕을 쬐어야지.
뒹굴뒹굴 구르며 하늘을 향해 배를 쭉 펴고
가슴과 등도 한 번씩 햇볕에.

아기 고양이가 이불을 안고 올라와
지붕 귀퉁이로 가더니
슬며시 이불을 나뭇가지에 널어놓지만
쉿! 이럴 땐 모두 못 본 척해주는 게 매너.
이불에 지도를 그렸구나.
괜찮아, 별것 아냐.
여러 번 그리고 나면 부끄럽지 않을 거야.

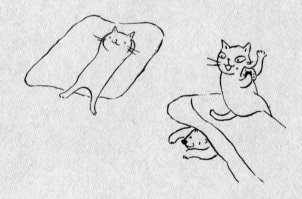

연말 풍경

묘산묘해猫山猫海, 어산어해魚山魚海
설날을 앞두고 한껏 들떠 있는 거리.
서둘러 설맞이 물건을 마련하려는 고양이들이
앞발로 생선 더미를 뒤집으며 물건을 고르는데
튼실한 생선을 잡는 건 운수대통 기분 좋은 징조.

건어물을 한 아름씩 사 들고 가는 손님도 많지만
북적이는 틈을 타
몰래 집어 먹는 고양이도 많아.
하지만 설날만큼은 주인장도
너그럽게 눈감아주지.

"생선 사려! 생선을 사면 복이 온다네!"
고양이 주인장이 목청껏 외치는 소리.
고양이 주인장의 외침은 언제나
생선 좋아하는 고양이들의 걸음을 붙잡곤 해.

화롯가에서

한 해의 마지막 날이 되면
화롯가에 둘러앉아 함께 밥을 먹지.
고양이들이 해마다 손꼽아 기다리는 날이기도 해.
생선 무제한 제공! 밤새도록 꺼지지 않는 화롯불.
배부르게 먹고 한숨 자고 일어나서 또 먹는 게
가장 뜨겁게 새해를 맞이하는 방법.

타닥타닥 붉게 타오르는 장작은
평안한 한 해를 기원하는 것.

동네방네 퍼지는 생선 굽는 냄새는
모든 이웃이 만사형통하라는 뜻.

쿨쿨 드르렁 쿨쿨 드르렁
여기저기서 울려 대는 소리는
행복했던 일 년과 작별하는 흥겨운 노랫가락.

날이 밝고 새해가 찾아오면
화롯불이 가물가물 잦아들고
고양이들도 꾸벅꾸벅 졸기 시작하지.
잠을 자며 한 해를 맞이하는 것은
가장 달콤하게 새해를 시작하는 방법.

새해 선물

새해 첫날 아침
소리 없이 내리는 눈.
눈 쌓인 마당에는 길게 찍힌 발자국과
하얀 고양이뿐.

모두들 코를 골며 자고 있는데
혼자 목도리 두 개를 들고 밖으로 나온 하얀 고양이.

보드라운 앞발로 눈을 굴려
큰 덩이 하나, 작은 덩이 하나
얼굴 위에 나뭇잎 두 개
한가운데 동그라미 하나.

앞발가락으로 눈덩이를 조금 파내
두 눈을 만든 다음
마지막으로 목도리를 둘러주면 끝.

이것은 하얀 고양이가
세상의 모든 고양이에게 주는 새해 선물.
하얀 고양이가 있어서
고양이 세상의 고양이들은 모두 평화롭고
매일 행복한 걸 거야.

고양이들이 행복한 세상

행복한 고양이들을 위해 만든 책입니다.

이 책 속의 고양이 세상에서는 집고양이와 들고양이를 나누지 않고, 빵과 자유 중 하나를 선택할 필요도 없습니다. 누가 높고 누가 낮은지 따지지도 겨루지도 않습니다. 이곳에서는 게으름을 피워도 되고 한가롭게 빈둥거려도 되지요. 물론 재미있게 일할 수도 있고 생활의 즐거움을 만끽할 수도 있고요.

예전에는 집집마다 처마가 있고 앞마당과 뒤뜰도 있었습니다. 그곳에서 여러 생명이 여유롭게 공존했습니다. 사람은 집안에서 쉬고, 강아지는 마당에서 시원한 그늘을 즐기고, 고양이는 지붕과 담장 위에서 햇볕을 찾았습니다. 이 땅을 공유하는 것이 조금도 어렵지 않았죠.

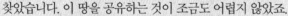

하지만 도시가 진화할수록 고층건물이 빽빽하게 들어찼습니다. 인간조차 땅에 발을 딛기 힘든 이 세상에서 인간에게 의지하며 사는 동물들은 작은 네 다리를 어디에 두어야 할까요. 뛰어넘을 울타리도 없고 바람과 비를 피할 처마도 사라졌으니 어두컴컴한 골목의 자동차 밑바닥만이 그들이 잠시나마 쉴 수 있는 공간이 되었습니다.

예전에는 어디서나 행복한 고양이들을 볼 수 있었습니다. 낙엽, 미풍, 햇볕, 사계절의 순환 속에서 생명이 어우러지는 것도 지극히 자연스러운 일이었습니다. 하지만 요즘의 고양이들은 비좁은 아파트에서 따뜻한 컴퓨터 귀퉁이를 찾을 수 있다면 그것만으로도 큰 행복이겠죠. 많은 고양이들이 깊은 밤 외진 골목의 귀퉁이에서 옹송그린 채 누군가 다정하게 부르며 쓰다듬어주길, 먹이를 가져다주길 기다리고 있습니다. 인간과 고양이 사이에 남은 건 자동차 소음이 모두 잦아든 뒤의 짧은 만남뿐입니다.

　사랑하는 고양이들아, 너희들이 인간의 방해가 없는 세상을 원한다는 걸 알고 있어. 넓은 공간도 필요 없지. 너희들은 아무리 좁은 공간에서도 재미있게 지낼 수 있으니까. 너희들에겐 옛날 집이 좋았어. 볕이 잘 드는 마루에서 일광욕을 즐길 수도 있고, 지붕에 이불과 함께 누워 낮잠을 잘 수도 있었어. 미닫이문을 열어놓으면 서로 통하는 방에서 술래잡기를 하고, 컴컴한 마루 밑에서도 호기심을 채울 수도 있고, 곳곳에 발톱을 갈 수 있는 나무 기둥과 마루도 있었어.

　사랑하는 고양이들아, 너희들이 생선 먹는 즐거움을 영원히 기억하고, 예민한 작은 혀로 바다의 맛을 즐기길 바라. 고양이 쿠키가 아무리 다양한 맛이 있어도 펄떡거리는 싱싱한 생선과는 비교할 수 없잖니.

　사랑하는 고양이들아, 나무 타는 즐거움을 영원히

잊지 말길 바라. 산들바람에 작은 새가 푸드덕 날아오르는 나뭇가지와 무성한 잎사귀 틈에서 낮잠을 즐기는 즐거움을 잊지 말길 바라. 캣타워가 아무리 높고 화려해도 고목의 품과 비교할 수 없잖니.

사랑하는 고양이들아, 너희들이 연애의 자유를 영원히 잊지 않길 바라. 봄 깊은 밤 뜨겁게 사랑하며 사람들에게 다 들리도록 세레나데를 부르길 바라. 창문을 열고 소리치며 돌멩이를 던지는 사람은 없을 거야. 고양이의 오페라에는 그걸 감상할 줄 아는 귀빈들만 초대해.

사랑하는 고양이들아, 책 한 권은 너무 짧지만 상상은 무궁무진해. 내가 고양이의 행복을 꿈꾸며 만든 이야기를 너희들이 좋아해준다면 나도 무척 기쁠 거야. 비록 현실 속 세상은 그렇게 아름답지 않겠지만 말이야.

사랑하는 고양이들아, 내가 만든 이 세상이 마음에 든다면 다른 동물들도 불러서 함께 살아주겠니? 무언가를 공유한다는 건 삶에서 가장 아름다운 일이니까.

인간 세상의 미스캣으로부터

비밀스러운 고양이들의 밤

처음 이 책을 열기 전, 눈을 감고 고양이의 모습을 그려봤다. 집에서 고양이를 키워본 적이 없기에 아무래도 먼저 떠오르는 건 들고양이였다. 깊은 밤 으슥한 골목에서 먹이를 찾고, 사람의 손길을 외면해버리는 고독한 고양이 말이다. 고양이는 언제나 낯선 존재였다. 그런데 미스캣이 그린 고양이는 달랐다. 그림 속 고양이들은 늘 함께였고, 모든 계절의 순간을 즐길 줄 아는 여유가 있었다.

계절이 달라져도 변함없이 매력적인 것은 고양이들의 밤이었다. 책 속의 고양이들은 달빛 비치는 호수 위의 연꽃을 감상하고, 반딧불을 잡으려다 물에 빠지고, 생선구이와 고양이술 석 잔으로 채운 배를 동틀 무렵까지 두드렸다. 그런 풍경이 어쩐지 낭만적이어서, 그동안 쓸쓸한 뒷모습을 남기고 사라졌던 현실 세상의 고양이들에게도 비밀처럼 저런 밤이 숨어 있었으면 하는 바람이 생겼다.

이 책을 보고 있으면 숨은그림찾기를 하는 기분이 든다. 계절의 풍경 속에 여기저기 숨어 있는 고양이를 찾아보는 재미가 쏠쏠하다. 작가는 이 책이 행복한 고양이들을 위한 책이라 했다. 나는 이 책이 행복하고 싶은 사람들을 위한 책이라 생각한다. 겨루거나 다투지 않고, 그저 원하는 만큼 즐거움을 누리는 고양이들의 유유자적한 삶을 보고 있으면 마음 한구석이 따뜻해진다. 그리 아름답지만은 않은 이 세상에서 독자들도 책 속에 담긴 여유를 느낄 수 있기를 바란다.

2016년 여름 허유영

글 그림 **미스캣**

본업은 작가, 부업은 고양이 일러스트레이터. 대만 자이嘉義 현 푸쯔朴子 시에서 태어났다. 본명은 왕위팅王郁婷이지만 '미스캣 貓小姐' 또는 'Ms. Cat'이라는 필명으로 유명하다. 어릴 적부터 고양이, 강아지와 친구 하고 기발한 장난을 치며 노는 것을 좋아했다. 지구상 모든 사람을 애묘인으로 만들겠다는 일념으로 고양이 그림을 그리고 있다. 그가 가장 기쁠 때는 사람들이 자신의 그림을 보 고 '푸하하' 웃음을 터뜨릴 때다. 사람들이 그의 그림 속으로 들어가 고양이들과 따뜻한 시간을 보낼 수 있기를 바란다.

『또 고양이』는 일본의 목판화 '우키요에浮世絵'에서 모티브를 따왔다. 주로 서민들의 모습을 생생하고 유머러스하게 담아내는 우키 요에의 특징을 살리고 사람 대신 고양이를 주인공으로 하여 사계절의 흐름에 따라 바뀌는 일상을 표현했다.

대만 『강의잡지』 2010년 최우수 만화가로 선정된 바 있으며, 『연합보』 「애완동물 광시곡」의 칼럼니스트 겸 『합총지』의 인기 작가 다. 쓰고 그린 책으로 『고양이에 대한 험담』 『고양이의 쇼핑』 『고양이 사용설명서』 등이 있다.

* 미스캣 블로그 blog.udn.com/wyt1219

옮긴이 **허유영**

한국외국어대학교 중국어과 졸업 및 동 대학 통번역대학원 한중과 석사과정을 마쳤다. 현재 전문번역 가로 활동하고 있다. 지은 책으로 『쉽게 쓰는 중국어 일기장』이 있고 옮긴 책으로 『성룡』 『다 지나간다』 『인생에서 가장 중요한 7인을 만나라』 『그래서 오늘 나는 외국어를 시작했다』 『기업의 시대』 『개처럼 싸우고 꽃처럼 아끼고』 등 80여 권이 있다.

사계절 게으르게 행복하게

또 고양이

2016년 7월 10일 초판 1쇄 발행
2016년 12월 1일 초판 2쇄 발행

지은이 미스캣
옮긴이 허유영
펴낸이 우찬규, 박해진
펴낸곳 도서출판 학고재

주 소 서울시 마포구 양화로 85 동현빌딩 4층
전 화 편집 02-745-1722 영업 070-7404-2810
팩 스 02-3210-2775
홈페이지 www.hakgojae.com

ISBN 978-89-5625-339-8 03820